Martín Paz

Por

Julio Verne

CAPÍTULO PRIMERO
ESPAÑOLES Y MESTIZOS

El dorado disco del sol habíase ocultado tras los elevados picos de las cordilleras; pero a través del transparente velo nocturno en que se envolvía el hermoso cielo peruano, brillaba cierta luminosidad que permitía distinguir claramente los objetos.

Era la hora en que el viento bienhechor, que soplaba fuera de las viviendas, permitía vivir a la europea, y los habitantes de Lima, envueltos en sus ligeros abrigos y conversando seriamente de los más fútiles asuntos, recorrían las calles de la población.

Había, pues, gran movimiento en la plaza Mayor, ese foro de la antigua Ciudad de los Reyes. Los artesanos disfrutaban de la frescura de la tarde, descansando de sus trabajos diarios, y los vendedores circulaban entre la muchedumbre, pregonando a grandes voces la excelencia de sus mercancías. Las mujeres, con el rostro cuidadosamente oculto bajo la toca, circulaban alrededor de los grupos de fumadores. Algunas señoras en traje de baile, y con su abundante cabello recogido con flores naturales, se paseaban gravemente en sus carretelas. Los indios pasaban sin levantar los ojos del suelo, no creyéndose dignos de mirar a las personas, pero conteniendo en silencio la envidia que los consumía. Los mestizos, relegados como los indios a las últimas capas sociales, exteriorizaban su descontento más ruidosamente.

En cuanto a los españoles, orgullosos descendientes de Pizarro, llevaban la cabeza erguida, como en el tiempo en que sus antepasados fundaron la Ciudad de los Reyes, envolviendo en su desprecio a los indios, a quienes habían vencido, y a los mestizos nacidos de sus relaciones con los indígenas del Nuevo Mundo. Los indios, como todas las razas reducidas a la servidumbre, sólo pensaban en romper sus cadenas, confundiendo en su profunda aversión a los vencedores del antiguo Imperio de los incas y a los mestizos, especie de clase media orgullosa e insolente.

Los mestizos, que eran españoles por el desprecio con que miraban a los indios, e indios por el odio que profesaban a los españoles, se consumían entre estos dos sentimientos igualmente vivos.

Cerca de la hermosa fuente levantada en medio de la plaza Mayor, había un grupo de jóvenes, todos mestizos, que, envueltos en sus ponchos, como manta de algodón de cuadros, larga y perforada con una abertura que da paso a la cabeza, vestidos con anchos pantalones rayados de mil colores, y cubiertos con sombreros de anchas alas hechos de paja de Guayaquil, hablaban, gritaban y gesticulaban.

- Tienes razón, Andrés – decía un hombrecillo muy obsequioso, llamado Milflores.

Este Milflores era una especie de parásito que padecía Andrés Certa, joven mestizo, hijo de un rico mercader que había caído muerto en uno de los últimos motines promovidos por el conspirador Lafuente. Andrés Certa había heredado un gran caudal, que derrochaba en obsequio de sus amigos, de quienes, a cambio de sus puñados de oro, sólo exigía complacencias.

- Los cambios de poder, los pronunciamientos eternos, ¿para qué sirven? - preguntó Andrés en alta voz -. Si aquí no reina la igualdad, poco importa que gobierne Gambarra o Santa Cruz.

- ¡Bien dicho, bien dicho! – exclamó el pequeño Milflores, quien con gobierno igualitario o sin él jamás habría podido ser igual a un hombre de talento.

- ¡Cómo! – añadió Andrés Certa -. Yo, hijo de un negociante, ¿no podré tener carroza sino tirada por mulas? ¿No han traído mis buques la riqueza y la prosperidad a este país? ¿Es que la aristocracia del dinero no vale tanto como la de la sangre que ostenta sus vanos títulos en España?

- ¡Es una vergüenza! – respondió un joven mestizo -. Vean ustedes, ahí pasa don Fernando en su carruaje tirado por dos caballos. ¡Don Fernando de Aguillo! Apenas tiene con qué mantener a su cochero y se pavonea orgullosamente por la plaza. Bueno; ¡ahí viene otro, el marqués de Vegal!

Una magnífica carroza desembocaba en aquel momento en la plaza Mayor: era la del marqués de Vegal, caballero de Alcántara, de Malta y de Carlos III, que iba sólo al paseo por aburrimiento y no por ostentación. Abismado en profundos pensamientos, ni siquiera oyó las reflexiones que la envidia sugería a los mestizos, cuando sus cuatro caballos se abrieron paso a través de la multitud.

- ¡Odio a ese hombre! – dijo Andrés Certa.

- ¡No será por mucho tiempo! – respondió uno de los jóvenes.

- No, porque a todos esos nobles va a concluírseles pronto el lujo, y hasta puedo decir a dónde van a parar su vajilla y las joyas de la familia.

- Efectivamente, tú debes saber algo, porque frecuentas la casa del judío Samuel, en cuyos libros de cuentas se inscriben los créditos aristocráticos, como se amontonan en sus cofres los restos de esas grandes riquezas; cuando todos los españoles sean unos mendigos como su César de Bazán, llegará la nuestra.

- La tuya, sobre todo, Andrés, cuando te encarames sobre tus millones - respondió Milflores-. Y ahora estás a punto de duplicar tu capital… A propósito: ¿cuándo te casas con la hija del viejo Samuel, esa hermosa limeña que no tiene de judía más que su nombre de Sara?

- Dentro de un mes – respondió Andrés Certa -, en cuya fecha será mi caudal el mayor de todo el Perú.

- Pero – preguntó uno de los jóvenes mestizos -, ¿por qué no has elegido por esposa a una española de alto rango?

- Porque desprecio tanto como aborrezco esa clase de gente.

Andrés Certa no quería confesar que había sido desdeñado por varias familias nobles en las que había tratado de introducirse.

En aquel momento recibió un fuerte empujón de un hombre de elevada estatura y algo canoso, cuya corpulencia hacía suponer que tenía gran fuerza muscular.

Aquel hombre, que era un indio de las montañas, vestía chaqueta parda, debajo de la cual se veía una camisa de gruesa tela y cuello alto que no ocultaba por completo su pecho velludo; su calzón corto, rayado de listas verdes, se unía por medio de ligas rojas a unas medias de color de tierra; calzaba sandalias de piel de vaca e iba tocado con sombrero puntiagudo, bajo el cual brillaban grandes pendientes.

Después de haber tropezado con Andrés Certa, lo miró fijamente.

- ¡Miserable indio! – exclamó el mestizo, alzando el brazo en actitud amenazadora.

Sus compañeros lo detuvieron.

-¡Andrés, Andrés, ten cuidado!- exclamó Milflores.

- ¡Atreverse a empujarme un vil esclavo!

- Es el Zambo, un loco.

El Zambo continuó mirando al mestizo, a quien había empujado intencionadamente; pero éste, que no podía contener su cólera, sacó un puñal que llevaba en el cinturón, e iba a precipitarse sobre su agresor, cuando resonó en medio del tumulto un grito gutural y el Zambo desapareció.

- Brutal y cobarde – murmuró Andrés Certa.

- No te precipites – aconsejó Milflores – y salgamos de la plaza. Las limeñas se muestran aquí muy orgullosas.

Luego, el grupo de jóvenes se dirigió al centro de la plaza.

El sol había desaparecido ya en el horizonte, y las limeñas, con el rostro oculto bajo el manto, continuaban discurriendo por la plaza Mayor, que estaba todavía muy animada.

Los guardias a caballo, apostados delante del pórtico central del palacio del virrey, situado al norte de la plaza, hacían grandes esfuerzos para mantenerse en su puesto en medio de aquella multitud bulliciosa. Parecía que los industriales más diversos se habían dado cita en aquella plaza, convertida en inmenso bazar de objetos de toda especie. El piso bajo del palacio del virrey y el pórtico de la catedral, ocupados por un sinnúmero de tiendas, hacían de aquel conjunto un mercado inmenso, abierto a todos los productos tropicales.

En medio del ruido de la muchedumbre resonó el toque de oraciones del campanario de la catedral, e inmediatamente cesó el bullicio, sucediendo a los grandes clamores el murmullo de la oración. Las mujeres cesaron de pasear y se pusieron a desgranar el rosario.

Y, mientras todos los transeúntes acortaban el paso o se detenían, inclinando la cabeza para orar, una anciana, que acompañaba a una joven, pugnaba por abrirse paso entre la multitud, provocando grandes protestas.

La joven, al oír las increpaciones que se les dirigían por perturbar el rezo de las personas piadosas, quiso detenerse; pero la dueña la obligó a seguir.

- ¡Hija del demonio! – murmuraron cerca de ella.

- ¿Quién es esa condenada bailarina?

- Es una pelandusca.

La joven se detuvo confusa.

Un arriero acababa de ponerle de pronto la mano en el hombro para obligarla a arrodillarse; pero en aquel momento, un brazo vigoroso lo echó a rodar por tierra. A esta escena, rápida como un relámpago, siguió un momento de confusión.

- Huya usted, señorita – le aconsejó una voz suave y respetuosa a la joven.

Ésta, pálida de terror, volviese y vio un joven indio, de elevada estatura, que, con los brazos cruzados, esperaba a pie firme a su adversario.

- Por mi alma, estamos perdidas – exclamó la dueña, arrastrando consigo a la joven.

El arriero, maltrecho a consecuencia de la caída, se levantó; pero no creyendo prudente pedir cuentas a un adversario tan vigoroso y resuelto como parecía ser el joven indio, dirigióse a donde estaban sus mulas, murmurando inútiles amenazas.

CAPÍTULO II
LIMA Y LAS LIMEÑAS

La ciudad de Lima está situada en un rincón del valle del Rimac, y a nueve leguas de su embocadura. Las primeras ondulaciones del terreno, que forman parte de la gran cordillera de los Andes, comienzan al Norte y al Este. El valle está formado por las montañas de San Cristóbal y de los Amancaes. Estas montañas se levantan detrás de Lima y terminan en sus arrabales. La ciudad, que se encuentra en un lado del río, se comunica con el arrabal de San Lorenzo, que está en la orilla opuesta, por un puente de cinco arcos, cuyos pilares anteriores oponen a la corriente su arista triangular.

Los posteriores ofrecen bancos a los paseantes en los que se sientan los desocupados en las tardes de verano, para contemplar desde allí una hermosa cascada.

La ciudad tiene dos millas de longitud de Este a Oeste, y milla y cuarto de anchura, desde el puente hasta las murallas. Éstas, de doce pies de altura y diez de espesor en su base, están construidas con ladrillos secados al sol, formados de tierra arcillosa, mezclada con paja machacada, capaces de resistir los temblores de tierra, bastante frecuentes en aquel país. El recinto tiene siete puertas y tres postigos y termina en el extremo sudeste por la pequeña ciudadela de Santa Catalina.

Tal es la antigua Ciudad de los Reyes, que el conquistador Pizarro fundó el día de la Epifanía del Señor de 1534. Desde entonces ha sido y continúa siendo teatro de revoluciones, siempre renacientes. Lima fue en otro tiempo el principal depósito del comercio de América en el océano Pacífico, gracias a su puerto del Callao, construido en 1779 de un modo singular. Se hizo encallar en la playa un viejo navío de gran tamaño lleno de piedras, de arena y de restos de toda especie, y en torno de aquel casco se clavaron en la arena estacadas de manglares enviadas de Guayaquil e inalterables al agua, formándose así una base indestructible, sobre la que se levantó el muelle del Callao.

El clima, más templado y suave que el de Cartagena o Bahía, situadas en la costa opuesta de América, hace de Lima una de las ciudades más agradables del Nuevo Mundo. El viento tiene allí dos direcciones invernales: o sopla del Sudoeste y se refresca al atravesar el océano Pacífico, o sopla del Sudeste, refrescando el ambiente con la frescura que ha recogido en los helados picachos de las cordilleras.

En las latitudes tropicales son puras y hermosas las noches, durante las cuales desciende el benéfico rocío que fecunda el suelo, expuesto a los rayos de un cielo sin nubes. Así, cuando el sol desaparece tras el horizonte, los habitantes de Lima se congregan en las casas, refrescadas por la oscuridad, quedando en seguida desiertas las calles, y apenas si algún café o taberna es visitado por los bebedores de aguardiente o de cerveza.

La noche en que comienza la acción de este relato, la joven, seguida por la dueña, llegó sin dificultad ninguna al puente del Rimac, prestando atención al menor ruido cuya naturaleza no le permitía distinguir su emoción, pero sólo oyó las campanillas de una recua de mulas o el silbido de un indio.

Aquella joven, llamada Sara, volvía a casa de su padre, el judío Samuel. Vestía falda de color oscuro con pliegues medio elásticos y muy estrechos por abajo, lo que la obligaba a dar pasos muy menudos con esa gracia delicada, particular de las limeñas. Aquella saya, guarnecida de encaje y de flores, iba en parte cubierta por un manto de seda que subía hasta la cabeza, cubriéndola con un capuchón. Bajo el gracioso vestido aparecían medias finísimas y zapatitos de raso; rodeaban los brazos de la joven brazaletes de gran valor, y toda su persona tenía ese poderoso atractivo a que en España se da el nombre de donaire.

Milflores había estado acertado al decir que la novia de Andrés Certa no debía tener de judía más que el nombre, porque era el tipo exacto de las admirables señoras cuya hermosura es superior a toda alabanza.

La dueña, vieja judía en cuyo rostro se reflejaban la avaricia y la codicia, era una fiel sirvienta de Samuel, que apreciaba sus servicios en su justo valor y los pagaba con equidad.

Al llegar las dos mujeres al arrabal de San Lorenzo, un hombre con hábito de fraile, que llevaba la cabeza cubierta con la cogulla, pasó al lado de ellas, mirándolas con atención. Aquel hombre, de gran estatura, tenía uno de esos semblantes apacibles que respiran calma y bondad. Era el padre Joaquín de Camarones, y al pasar dirigió una sonrisa de inteligencia a Sara, que miró a su sirvienta, después de hacer al fraile una cariñosa señal con la mano.

- Muy bien, señorita – dijo la anciana con voz áspera -, ¿cómo, después de haber sido insultada por los hijos de Cristo, se atreve usted a saludar a un clérigo? ¿Es que hemos de verla a usted algún día, con el rosario en la mano, practicar las ceremonias de la Iglesia Católica?

Las ceremonias de la Iglesia eran la ocupación principal de las limeñas, las cuales las seguían con ferviente devoción.

- Hace suposiciones extrañas – respondió la joven, ruborizándose.

- Extrañas como la conducta de usted. ¿Qué diría mi amo Samuel si se enterara de lo que ha ocurrido esta noche?

- ¿Soy, acaso, culpable de que un arriero brutal me haya insultado?

- Yo me entiendo, señorita – dijo la vieja, moviendo la cabeza -, y no hablo del arriero.

- Entonces, ¿aquel joven hizo mal al defenderme contra las injurias del populacho?

- ¿Es la primera vez que encontramos a ese indio en nuestro camino? - preguntó la dueña.

Afortunadamente, la joven tenía en aquel momento el rostro cubierto con la mano, porque, de otro modo, la oscuridad no habría sido suficiente para ocultar la turbación de su semblante a la mirada investigadora de la vieja sirvienta.

- Dejemos al indio donde está – repuso ésta -. Mi obligación es vigilar la conducta de usted, y de lo que me quejo es de que, por no molestar a los cristianos, quiso usted detenerse hasta que ellos hubieran hecho su oración y hasta ha experimentado usted deseos de arrodillarse como ellos. ¡Ah, señorita! Su padre de usted me despediría tan pronto como supiera que he permitido semejante apostasía.

Pero la joven no la escuchaba. La observación de la vieja respecto al joven indio, había traído a su memoria pensamientos más agradables. Creía que la intervención del joven había sido providencial y habíase vuelto muchas veces para ver si la seguía. Sara tenía en el corazón cierta audacia que le sentaba perfectamente. Orgullosa como española, si se habían fijado sus ojos en aquel hombre, era porque aquel hombre era altivo y no había solicitado una mirada como premio de su protección.

Al suponer que el indio la había seguido con la vista, Sara no se había equivocado. Martín Paz, después de haberla socorrido, quiso asegurar la retirada y, cuando el grupo de gente se dispersó, se puso en seguimientos sin que ella lo advirtiese.

Martín Paz era un hermoso joven, que vestía el traje nacional del indio de las montañas; de su sombrero de paja, de anchas alas, escapábase una hermosa cabellera negra, que contrastaba con el tono cobrizo de su rostro. Sus ojos brillaban con dulzura infinita, y su boca y su nariz eran correctas, cosa rara en los hombres de su raza. Era uno de los más valerosos descendientes de Manco Capac, y por sus venas debía correr sangre ardorosa, que le impulsaba a la realización de grandes hazañas.

Vestía, con aire marcial, poncho de colores brillantes y en la cintura llevaba uno de esos puñales aztecas, terribles en una mano ejercitada, porque parece que forman una sola pieza con el brazo que los maneja. En el norte de

América, a las orillas del lago Ontario, aquel indio habría sido jefe de una de las tribus errantes que tan heroicamente lucharon con los ingleses.

Martín Paz sabía que Sara era hija de Samuel el judío y novia del opulento mestizo Andrés Certa; pero sabía también que, por su nacimiento, posición y riquezas, no podían casarse, aunque olvidaba todos estos imposibles para seguir los impulsos de su corazón hacia ella.

Abismado en sus reflexiones, apresuraba la marcha, cuando se acercaron a él dos indios que lo detuvieron.

- Martín Paz – le dijo uno de ellos -, ¿no vas a volver esta noche a las montañas donde están nuestros hermanos?

- Cierto – respondió fríamente el indio.

- La goleta Anunciación se ha dejado ver a la altura del Callao, ha dado algunas bordadas, y después, protegida por la punta, ha desaparecido. Seguramente se habrá acercado a tierra, hacia la embocadura del Rimac, y será conveniente que nuestras canoas vayan a aligerarla de sus mercancías. Es preciso que estés allí.

- Martín Paz hará lo que deba hacer.

- Te hablamos en nombre del Zambo.

- Y yo respondo en el mío.

- ¿No temes que le parezca inexplicable tu presencia en el arrabal de San Lázaro a estas horas?

- Estoy donde me place.

- ¿Delante de la casa del judío?

- Los que no crean buena mi conducta, me hallarán esta noche en la montaña.

Los ojos de aquellos tres hombres lanzaron chispas.

Los indios enmudecieron y volvieron a la orilla del Rimac, perdiéndose el ruido de sus pasos en la oscuridad.

Martín Paz habíase acercado apresuradamente a la casa del judío, casa que, como todas las de Lima, tenía un solo piso, construido de ladrillos y techado con cañas unidas entre sí y cubiertas de yeso. Todo el edificio, dispuesto para resistir los temblores de tierra, imitaba por medio de una hábil pintura los ladrillos de las primeras hiladas; y el techo, de figura cuadrada, estaba cubierto de flores, formando una azotea llena de perfumes.

Se llegaba al patio penetrando por una gran puerta cochera, situada entre dos pabellones, que, como era costumbre, no tenían ninguna ventana que se abriese a la calle.

Daban las once en la iglesia parroquial, cuando Martín Paz se detuvo frente a la casa de Sara, en cuyas inmediaciones reinaba un profundo silencio.

¿Por qué permanecía inmóvil el indio delante de aquellas paredes? Era que una sombra blanca había aparecido en la azotea, entre las flores, a las que la oscuridad de la noche daba una forma vaga sin quitarles su perfume.

Martín Paz levantó las dos manos involuntariamente y las cruzó sobre su pecho.

La sombra blanca desapareció como asustada.

Martín Paz se volvió y se encontró frente a Andrés Certa.

- ¿Desde cuándo pasan la noche los indios en contemplación? – preguntó iracundo Andrés Certa.

- Desde que los indios pisan el suelo de sus antepasados – respondió Martín Paz.

Andrés Certa avanzó hacia su rival, que permanecía inmóvil.

- ¡Miserable! ¿Me dejarás libre el sitio?

- No – contestó Martín Paz.

Y, dicho esto, ambos adversarios sacaron a relucir los puñales.

Los contendientes eran de igual estatura y parecían de igual fuerza.

Andrés Certa levantó rápidamente su brazo, dejándolo caer más rápidamente aún. Su puñal había encontrado el puñal azteca del indio y rodó en seguida a tierra, herido en el hombro.

- ¡Socorro, socorro! – gritó.

Se abrió la puerta de la casa del judío y acudieron varios mestizos de una casa inmediata, algunos de los cuales persiguieron al indio, que huía rápidamente, mientras los otros levantaron al herido.

- ¿Quién es este hombre? – preguntó uno de ellos -. Si es marino, llevémoslo al hospital del Espíritu Santo; y si es indio, al hospital de Santa Ana.

En aquel momento acercase un anciano al herido, y apenas lo hubo mirado, exclamó:

- ¡Lleven a este joven a mi casa! ¡Vaya una desgracia extraña!

Aquel anciano no era otro que el judío Samuel, quien acababa de reconocer en el herido al novio de su hija.

Mientras tanto, Martín Paz corría con toda la rapidez que sus robustas piernas le permitían, confiando en poder librarse de sus perseguidores merced a su ligereza y a la oscuridad de la noche. Le iba en ello la vida. Si hubiera podido llegar al campo, se habría encontrado seguro; pero las puertas de la ciudad, que se cerraban a las once, no volvían a abrirse hasta las cuatro de la mañana siguiente.

Al llegar al puente de piedra, los mestizos y algunos soldados que iban en su persecución estaban ya a punto de alcanzarlo, cuando una patrulla desembocó por el extremo opuesto. Martín Paz, no pudiendo adelantar ni retroceder, subió al parapeto y se lanzó a la corriente del río, que se deslizaba sobre un lecho de piedra.

Los perseguidores abandonaron el puente y corrieron hacia las orillas del río para apoderarse del fugitivo en el momento en que saliera a tierra; pero fue inútil; Martín Paz no volvió a aparecer.

CAPÍTULO III

POR SEGUIR A UNA MUJER

Cuando Andrés Certa, que fue conducido a la casa de Samuel y acostado en una cama preparada a toda prisa, recobró los sentidos, estrechó la mano del viejo judío.

El médico, avisado por un criado, no tardó en presentarse.

La herida era leve; el hombro del mestizo había sido atravesado de tal modo por el puñal de su adversario que el acero sólo había penetrado entre la piel y la carne. Andrés Certa no debía tardar muchos días en poder abandonar el lecho.

Cuando Samuel y Andrés Certa se encontraron solos, dijo éste:

- ¿Quiere usted hacerme el favor de cerrar la puerta que conduce a la azotea, maese Samuel?

- ¿Pues qué teme? –preguntó el judío.

- Temo que Sara vuelva a mostrarse a la contemplación de los indios. No es un ladrón el que me ha atacado, sino un rival de quien me he librado milagrosamente.

- ¡Ah! ¡Por las santas tablas de la ley – exclamó el judío – usted se engaña!

Sara será una esposa perfecta, que mantendrá incólume su honor.

- Maese Samuel – repuso el herido, incorporándose sobre el lecho -, usted no recuerda que le pago la mano de Sara en cien mil duros.

- Andrés Certa – exclamó el judío con cierta sonrisita de avaro -, lo recuerdo tanto que estoy dispuesto a cambiar este recibo por dinero contante y sonante – y, al decir esto, Samuel sacó de su cartera un papel que Andrés Certa rechazó con la mano.

- No existe trato entre nosotros mientras Sara no sea mi esposa, y no lo será jamás si he de verme obligado a disputársela a semejante rival. Usted sabe, maese Samuel, cuál es mi propósito. Me caso con Sara para igualarme a toda esa nobleza, que no tiene para mí sino miradas de desprecio.

- Y se igualará usted, Andrés Certa, porque, una vez casado, verá a los más orgullosos españoles acudir apresuradamente a sus salones.

- ¿Dónde ha ido Sara esta noche?

- A orar al templo israelita, con la vieja Ammon.

- ¿Por qué la obliga usted a seguir sus ritos religiosos?

- Soy judío – replicó Samuel – y Sara no sería mi hija si no cumpliera los deberes de mi religión.

El judío Samuel era un infame, que traficaba con todo y en todas partes, como descendiente en línea recta de aquel Judas que entregó a su maestro por treinta dineros. Hacía ya diez años que se había instalado en Lima, fijando su morada, por gusto y por cálculo, en el extremo del arrabal de san Lázaro, donde con mayor facilidad podía dedicarse a sus vergonzosas especulaciones. Después, poco a poco, fue ostentando gran lujo, a cuyo efecto había montado su casa suntuosamente, contratado numerosos criados y adquirido brillantes carrozas, que inducían a creer que poseía riquezas inmensas.

Cuando Samuel fue a establecerse a Lima, Sara sólo tenía ocho años de edad. Niña graciosa y bella, agradaba a todos y parecía ser el ídolo del judío. Algunos años después, su hermosura atraía todas las miradas, y el mestizo Andrés Certa se enamoró de ella. Lo que parecía inexplicable era que hubiese ofrecido cien mil duros por la mano de Sara, pero aquel contrato era secreto.

Por lo demás, Samuel traficaba no sólo con los productos indígenas, sino con los sentimientos, y banquero, prestamista, mercader y armador, tenía el talento de hacer negocios con todo el mundo. La goleta Anunciación, que aquella noche debía atracar junto a la embocadura del Rimac, pertenecía al judío Samuel.

Éste, a pesar del mucho tiempo que dedicaba a los negocios, no dejaba de cumplir, por obstinación tradicional, todos los ritos de su religión con superstición religiosa, y su hija había sido cuidadosamente instruida en las prácticas israelitas.

Así, cuando hablando con el mestizo, éste le manifestó su disgusto respecto a este punto, el anciano permaneció mudo y pensativo. Andrés Certa fue quien rompió el silencio, diciendo:

- Olvida que el motivo que me mueve a casarme con Sara, la obligará a convertirse al catolicismo.

- Tiene razón – respondió Samuel, entristecido -; pero juro por la Biblia que Sara será judía mientras sea mi hija.

En aquel momento se abrió la puerta de la habitación dando paso al mayordomo.

- ¿Han capturado al asesino? – preguntó Samuel.

- Todo induce a creer que ha muerto – respondió el interpelado.

- ¡Muerto! – exclamó Andrés Certa, con manifiesta alegría.

- Viéndose entre nosotros, que le íbamos a los alcances, y una partida de soldados que venía de la ciudad, se ha arrojado al Rimac por el parapeto del puente.

- Pero ¿quién te asegura que no ha podido salir a la orilla? – preguntó Samuel.

- La mucha nieve derretida que desciende de las montañas ha aumentado la corriente del río, hasta convertirlo en un torrente en aquel paraje – respondió el mayordomo -. Además, nos hemos apostado en las dos orillas, y el fugitivo no ha vuelto a aparecer, y he puesto centinelas en las orillas del Rimac, con orden de que pasen toda la noche vigilando.

- Bien – dijo el anciano - : se ha hecho justicia a sí mismo. ¿Lo habéis conocido en su fuga?

- Perfectamente, era Martín Paz, el indio de las montañas.

- ¿Acaso ese hombre seguía a Sara desde hace algún tiempo? – preguntó el judío.

- Lo ignoro – respondió la dueña -; pero cuando los gritos de los criados me han despertado, he corrido a la habitación de la señorita, y la he encontrado casi sin sentido.

- Continúa – dijo Samuel.

- A mis reiteradas preguntas respecto a la causa de su malestar, no ha querido responder, se ha acostado sin aceptar mis servicios y me ha mandado retirar.

- Ese indio, ¿la seguía con frecuencia?

- No puedo asegurarlo, señor. Sin embargo, lo he encontrado muchas veces en las calles del arrabal de San Lázaro, y esta noche ha socorrido a la señorita en la plaza Mayor.

- ¿Que la ha socorrido? ¿Cómo?

La vieja refirió lo ocurrido.

- ¡Ah! ¡Mi hija quería arrodillarse entre los cristianos, y yo ignoraba todo eso! ¿Tú quieres que te despida?

- Señor, perdóneme usted.

- Márchate – repuso con acritud el anciano.

La dueña salió de la estancia.

- Ya ve usted que es necesario casarnos al momento – dijo Andrés Certa; pero necesito descansar, y le ruego que ahora me deje solo.

Al oír esto, el anciano se retiró lentamente; pero antes de volver a su cuarto, quiso cerciorarse del estado de su hija, y entró sin hacer ruido en la habitación de Sara, que dormía con sueño agitado entre las cortinas de seda desplegadas a su alrededor.

Una lámpara de alabastro, suspendida del techo pintado de arabescos, esparcía una suave luz en el aposento, y la ventana, entreabierta, dejaba pasar al través de las persianas corridas la frescura del aire, impregnado de los perfumes penetrantes de los áloes y de las magnolias.

Los mil objetos de arte y de exquisito gusto que había esparcidos sobre los muebles, preciosamente esculpidos, de la habitación, revelaban a los vagos resplandores de la noche el gusto criollo. Parecía que el alma de la joven jugaba con aquellas maravillas.

El anciano acercóse al lecho de Sara y se inclinó sobre ella para contemplar su sueño. La joven judía parecía atormentada por un sentimiento doloroso, que le hizo exhalar un suspiro, después de lo cual murmuraron sus labios el nombre de Martín Paz.

Samuel volvió a su aposento.

Cuando, transcurridas algunas horas, la aurora abrió al sol las puertas del oriente, Sara se levantó a toda prisa, y Liberto, indio negro, su servidor especial, acudió a recibir sus órdenes, e inmediatamente ensilló una mula para su ama y un caballo para él.

Sara acostumbraba pasear por las montañas, seguida de un criado, que le era muy adicto.

Se vistió una saya de color pardo y un manto de cachemira de gruesas bellotas; púsose en la cabeza un sombrero de paja de alas anchas, dejando flotar sobre la espalda sus grandes trenzas negras, y, para mejor disimular su turbación, se colocó un cigarrillo de tabaco perfumado entre los labios.

Jinete ya sobre la mula, Sara salió de la ciudad y echó a correr por el campo con dirección al Callao. El puerto estaba muy animado; los guardacostas habían estado batallando toda la noche con la goleta Anunciación, cuyas maniobras indecisas revelaban el propósito de cometer algún fraude. La Anunciación parecía que había esperado algunas embarcaciones sospechosas hacia la embocadura del Rimac; pero antes de que éstas llegasen a ella, había huido, burlando la persecución de las chalupas del puerto.

Circulaban diversos rumores respecto al destino de aquella goleta, que, según unos, iba cargada de tropas de Colombia, encargadas de apoderarse de los principales buques del Callao, para vengar la afrenta inferida a los soldados de Bolívar, expulsados vergonzosamente del Perú.

Según otros, la goleta se ocupaba únicamente en el contrabando de lanas de Europa.

Sara, sin prestar atención a estas noticias, más o menos ciertas, porque su paseo al puerto no había sido más que un pretexto, regresó a Lima, llegó cerca de las orillas del Rimac y subió costeando el río hasta el puente, donde había numerosos grupos de soldados y mestizos, apostados en diversos puntos.

Liberto había referido a la joven los sucesos ocurridos durante la noche anterior, y por orden suya interrogó a varios soldados que estaban inclinados sobre el parapeto, por quienes supo no solamente que Martín Paz se había ahogado, sino que no se había podido encontrar su cadáver.

Sara, próxima a desmayarse, se vio precisada a hacer un poderoso esfuerzo de voluntad para no abandonarse a su dolor.

Entre las personas que estaban a la orilla del río, vio a un indio de fisonomía feroz, que parecía dominado por la desesperación. Este indio era el Zambo.

Sara, al pasar cerca del viejo montañés, oyó estas palabras:

- ¡Desgracia! ¡Desgracia! ¡Han matado al hijo de Zambo, han matado a mi hijo!

La joven levantó la cabeza, indicó por señas a Liberto que la siguiera, y, sin cuidarse de si la veía o no, se dirigió a la iglesia de Santa Ana, dejó su cabalgadura al indio, entró en el templo cristiano, preguntó por el padre Joaquín, y, arrodillándose sobre las losas de piedra, encomendó a Dios el alma de Martín Paz.

CAPÍTULO IV
EL NOBLE ESPAÑOL

Cualquier otro que no hubiera sido Martín Paz, habría perecido en las aguas del Rimac; pero él, que estaba dotado de una insuperable fuerza de voluntad y de una extraordinaria sangre fría, cualidades propias de todos los indios libres del Nuevo Mundo, logró salvarse de la muerte, aunque no sin gran esfuerzo.

Martín Paz sabía que los soldados agotarían todos sus recursos para prenderle debajo del puente, donde la corriente era casi inevitable; pero cortándola vigorosamente por esfuerzos repetidos, llegó a dominarla y, hallando menos resistencia en las capas inferiores del agua, logró llegar a la orilla y ocultarse detrás de una espesura de manglares.

Pero una vez fuera del agua, ¿qué resolución podría tomar que no lo comprometiera? Si los soldados que lo perseguían cambiaban de opinión y subían por la orilla arriba, Martín Paz sería infaliblemente capturado; pero como él no era hombre que tardara mucho en adoptar una resolución, decidió en seguida entrar en la ciudad y ocultarse en ella.

Para evitar que lo viesen los paseantes que habían demorado el regreso a sus casas, Martín Paz siguió una de las calles más anchas; pero al entrar en ella, le pareció que lo espiaban, y no pudiendo detenerse a reflexionar, miró en torno suyo, buscando un refugio. Sus ojos se fijaron en una casa todavía brillantemente iluminada, y cuya puerta cochera estaba abierta para dar paso a los coches que salían del patio y llevaban a sus diferentes domicilios a las eminencias de la aristocracia española.

Martín Paz se introdujo sin ser visto en aquella casa, y apenas hubo entrado se cerraron sus puertas. Subió apresuradamente una rica escalera de madera de cedro, adornada con tapices de mucho precio, y llegó a los salones, que estaban todavía iluminados pero enteramente vacíos; los atravesó con la celeridad de un relámpago y ocultóse, en fin, en un oscuro cuarto.

Poco después, extinguióse la luz que brillaba en aquellos lujosos aposentos y la casa quedó en silencio.

Martín Paz ocupóse entonces en reconocer el sitio en que se encontraba, y vio que las ventanas de aquella habitación daban a un jardín interior.

Ya se disponía a huir por allí, creyéndolo factible, cuando oyó que le decían:

- Señor ladrón, ¿por qué no roba usted los diamantes que están sobre esa mesa?

Al oír esto, se volvió Martín Paz rápidamente y vio a un hombre de altiva fisonomía que le mostraba con el dedo un estuche lleno de diamantes.

Martín Paz, insultado de aquel modo, se acercó al español, cuya serenidad parecía inalterable, sacó su puñal y, volviendo la punta contra su pecho, dijo sordamente:

- Señor, si repite usted semejante insulto, me daré muerte a sus pies.

El español, admirado, contempló con atención al indio, y sintió hacia él una especie de simpatía, en virtud de lo cual dirigióse a la ventana, la cerró suavemente y, volviéndose hacia el indio, cuyo puñal había caído en tierra, le preguntó:

- ¿Quién es usted?

- El indio Martín Paz. Me persiguen los soldados porque me he defendido contra un mestizo que me atacaba y lo he derribado a tierra de una puñalada. Mi adversario es el novio de una joven a quien amo; y ahora, que sabe ya quién soy, puede usted entregarme a mis enemigos, si lo cree conveniente.

- Muchacho – replicó simplemente el español -, mañana salgo para los baños de Chorrillos. Puedes acompañarme si quieres, y estarás por el momento al abrigo de toda persecución. Si lo haces, no tendrás nunca que quejarte de la hospitalidad del marqués de Vegal.

Martín Paz se limitó a inclinarse con respeto.

- Puedes acostarte en esa cama y descansar esta noche – añadió el marqués -, sin que nadie sospeche que te encuentras aquí.

El español salió de la estancia dejando al indio conmovido con su generosa confianza. Después, Martín Paz, abandonándose a la protección del marqués, se durmió tranquilamente.

Al día siguiente, al salir el sol, el marqués dio las órdenes necesarias para la partida, y envió recado al judío Samuel de que fuese a verlo; pero antes fue a oír la primera misa de la mañana.

Ésta era una piadosa práctica que no dejaban de observar todos los miembros de la aristocracia peruana, porque Lima, desde su fundación, había sido siempre muy católica, y además de sus muchas iglesias, contaba todavía con veintidós conventos de frailes, diecisiete de monjas y cuatro casas de retiro para las mujeres que no pronunciaban votos religiosos. Como cada uno de estos establecimientos tenía una iglesia particular, existían en Lima más de cien edificios dedicados al culto, donde ochocientos clérigos seglares o regulares, trescientas religiosas y hermanos legos, celebraban las ceremonias del culto católico.

Al entrar en Santa Ana el marqués de Vegal, vio a una joven arrodillada, que oraba fervorosamente y lloraba con desconsuelo. Parecía presa de dolor tal, que el marqués no pudo contemplarla sin cierta emoción, y ya se disponía a dirigirle algunas palabras de conmiseración, cuando llegó el padre Joaquín, y le dijo en voz baja:

- Señor marqués, por favor, no se le acerque usted.

Luego, el fraile hizo una señal a Sara y ésta lo siguió a una capilla oscura y desierta.

El marqués dirigióse al altar y oyó la misa, después de lo cual regresó a su casa, pensando involuntariamente en aquella joven, cuya imagen había quedado profundamente grabada en su imaginación.

En el salón de su casa encontró al judío Samuel, que estaba esperándole, y parecía haber olvidado los sucesos de la noche anterior. Su semblante estaba iluminado por la esperanza del lucro.

- ¿Qué manda usía? – preguntó al español.

- Necesito treinta mil duros antes de una hora.

- ¡Treinta mil duros! ¿Y quién los tiene? Por el santo rey David, señor marqués, va a costarme más trabajo encontrarlos que lo que usía se imagina.

- Aquí tengo joyas de gran valor – repuso el marqués, sin hacer caso de las palabras del judío -, y además puedo vender a usted por poco precio un terreno muy extenso que tengo cerca del Cuzco.

- ¡Ah, señor! – exclamó Samuel -, las tierras nos arruinan, porque nos faltan brazos para cultivarlas. Los indios se retiran a las montañas y las cosechas no producen lo que cuesta la recolección.

- ¿En cuánto valora usted esos diamantes? – preguntó el marqués.

Samuel sacó del bolsillo una balanza pequeña de precisión, y púsose a pesar las piedras con minuciosa detención, pero sin dejar de hablar, despreciando, como de costumbre, la prenda que se le ofrecía.

- ¡Los diamantes…! ¡Mala hipoteca…! No producen nada. Es lo mismo que enterrar el dinero… Observará usía, señor, que el agua de este diamante no es de una limpieza perfecta… Ya sabe usía que estos adornos tan costosos no son fáciles de vender, por lo que me vería obligado a enviarlos a las provincias de la Gran Bretaña. Los norteamericanos me los comprarán seguramente; pero será para cederlos a los hijos de Albión. Quieren, por consiguiente, y es justo, ganar una comisión honrosa, que cae sobre mis costillas… Supongo que diez mil duros contentará a usía. Es poco, sin duda, pero…

- Ya he dicho – repuso el español despectivamente – que necesito mucho más de diez mil duros.

- Señor, no puedo dar un centavo más.

- Llévese las joyas y envíeme inmediatamente el dinero. Para completar los treinta mil duros que necesito, le daré esta casa en hipoteca. ¿No le parece bastante sólida?

- ¡Ah, señor, en esta ciudad, donde son tan frecuentes los terremotos, no se sabe quién vive ni quién muere, ni quién cae, ni quién se mantiene en pie!

Y mientras decía esto, Samuel empinábase sobre la punta de los pies, dejándose luego caer sobre los talones varias veces, para apreciar la solidez del piso.

- En fin, como tengo verdaderos deseos de servir a usía – dijo -, pasaré por lo que quiera, aunque en este momento no me conviene desprenderme de metálico, porque voy a casar a mi hija con el caballero Andrés Certa… ¿Lo conoce usía?

- No lo conozco, y le ordeno a usted de nuevo que me envíe en seguida la cantidad que le he pedido. Llévese esas joyas.

- ¿Quiere usía un recibo? – preguntó el judío.

El marqués, sin responderle, pasó a la habitación inmediata.

- ¡Orgulloso español…! –murmuró Samuel, entre dientes -. Quiero confundir tu insolencia del mismo modo que voy a disipar tus riquezas. ¡Por Salomón, soy hombre hábil, porque mis intereses corren parejas con mis sentimientos!

El marqués, al separarse del judío, encontró a Martín Paz profundamente abatido.

- ¿Qué tienes? – le preguntó cariñosamente.

- Señor, la joven a quien amo es la hija de ese judío.

- ¡Una judía! – exclamó el marqués, con sentimiento de repulsión que le fue imposible dominar.

Pero, al advertir la tristeza del indio, añadió:

- Marchemos, amigo mío, ya hablaremos de esas cosas con detenimiento.

Una hora más tarde, Martín Paz, disfrazado, salía de la ciudad en compañía del marqués, que no llevaba consigo a ninguno de sus criados.

Los baños de mar de Chorrillos encuéntrense a dos leguas de Lima. Es una parroquia india que posee una bonita iglesia, y durante la estación del calor es el punto de reunión de la sociedad elegante limeña. Los juegos públicos, prohibidos en Lima, están abiertos en Chorrillos durante el verano, y a ellos concurren las señoras de dudosa moralidad, que, actuando de diablillos, hacen perder a más de un rico caballero su caudal en pocas noches.

Como Chorrillos estaba a la sazón poco frecuentado aún, el marqués y Martín Paz, retirados en una casita edificada a orillas del mar, pudieron vivir en paz, contemplando las vastas llanuras del Pacífico.

El marqués, miembro de una de las más antiguas familias del Perú, era el último descendiente de la soberbia línea de antepasados, de la que con razón se mostraba orgulloso; pero en su rostro advertíanse las huellas de una profunda tristeza. Después de haber intervenido durante algún tiempo en los asuntos políticos, había experimentado una repugnancia infinita hacia las revoluciones incesantes, hechas en beneficio de ambiciones personales, y habíase retirado de la política y apartado de la sociedad, viviendo casi en retiro, sólo interrumpido a raros intervalos por deberes de estricta cortesía.

Su inmenso caudal íbase disipando poco a poco. El abandono en que quedaban sus tierras por la falta de brazos, obligábale a hacer empréstitos onerosos; pero la perspectiva de una ruina próxima no le espantaba. La indolencia natural de la raza española, unida al aburrimiento de su existencia inútil, le había hecho insensible a las amenazas del porvenir. Esposo en otro tiempo de una mujer adorable, y padre de una niña encantadora, habíase encontrado de pronto solo, a consecuencia de una horrible catástrofe que le arrebató aquellos dos objetos de su amor... Desde entonces, ningún afecto le unía al mundo, y dejaba deslizarse su vida al impulso de los acontecimientos.

Creía que su corazón había muerto por completo, cuando lo sintió palpitar de nuevo al contacto de Martín Paz. Aquella naturaleza ardiente despertó el fuego encubierto bajo la ceniza; la orgullosa presencia de ánimo del indio repercutía en el noble caballero, que, cansado de los españoles de su clase, en quienes no tenía ya confianza, y disgustado de los mestizos egoístas, que querían equipararse con él, complacíase en aproximarse a aquella raza primitiva, que tan valientemente había disputado el suelo americano a los soldados del conquistador Pizarro.

El indio pasaba por muerto en Lima, según las noticias que el marqués había adquirido; pero éste, considerando el amor de Martín Paz hacia una judía como cosa peor que la muerte misma, resolvió salvarlo de nuevo, dejando casar a la hija de Samuel con Andrés Certa.

Así, mientras que Martín Paz estaba profundamente apenado y la tristeza le invadía el corazón, el marqués evitaba toda alusión a lo pasado, y hablaba al joven indio de cosas sin importancia.

Un día, sin embargo, agitado por sus tristes pensamientos, le preguntó:

- ¿Por qué, amigo mío, una pasión vulgar te ha de hacer renegar de la nobleza de tus abuelos? ¿No desciendes del valiente Manco Capac, a quien su patriotismo elevó a la categoría de héroe? ¿Qué papel representaría un hombre que se dejara abatir por una pasión indigna? ¿Acaso habéis desistido los indios de reconquistar algún día vuestra independencia?

- Para eso trabajamos, señor – contestó Martín Paz -, y no está lejos el día en que mis hermanos se levantarán en masa.

- Ya te entiendo. Aludes a esa guerra sorda que tus hermanos están preparando en las montañas. A una señal bajarán a la ciudad con las armas en la mano; pero serán vencidos, como lo han sido siempre. Ya ves cómo vuestros intereses desaparecen en medio de las revoluciones perpetuas de las que es teatro el Perú; revoluciones que perderán al mismo tiempo a los indios y a los españoles, en beneficio de los mestizos.

- Nosotros salvaremos al país – repuso Martín Paz.

- Sí, lo salvaréis, si comprendéis vuestra misión – dijo el marqués. Óyeme, pues que te amo como a un hijo. Lo digo con dolor, pero a nosotros, los españoles, hijos degenerados de una raza poderosa, nos falta la energía necesaria para levantar un Estado, y, por consiguiente, a vosotros os toca triunfar de este desdichado americanismo que tiende a rechazar a los colonos extranjeros. Sí, sábelo; sólo una inmigración europea puede salvar el antiguo Imperio peruano, y, en vez de esa guerra intestina que preparáis, y que tiende a excluir todas las castas, a excepción de una sola, debéis tender francamente la mano a los hombres trabajadores del Viejo Mundo.

- Los indios, señor, considerarán siempre como enemigos a los extranjeros, cualesquiera que sean, y jamás han de permitir que respiren impunemente el aire de sus montañas. El dominio que ejerzo sobre ellos quedaría sin efecto el día en que no jurase la muerte de sus opresores. Además, ¿qué soy ahora? – añadió Martín Paz con gran tristeza. Un fugitivo que no viviría tres horas si me encontraran en Lima.

- Amigo, es preciso que me prometas que no has de volver a salir.

- ¡Ah! No puedo prometérselo a usted, señor marqués, porque si lo prometiese mentiría.

El marqués enmudeció; la pasión del joven indio acrecentábase de día en día, y el noble caballero temblaba ante la idea de verlo correr a una muerte cierta, si volvía a presentarse en Lima, por lo que deseaba que se celebrara cuanto antes el matrimonio de la judía, matrimonio que, si le hubiera sido posible, habría él apresurado, según sus deseos.

Para cerciorarse del estado de las cosas, salió de Chorrillos una mañana y fue a la ciudad, donde supo que Andrés Certa, restablecido de su herida, salía ya a la calle, y que su próximo matrimonio era el objeto de todas las conversaciones.

El marqués quiso conocer a la joven amada por Martín Paz, y con este objeto dirigióse a la plaza Mayor, donde a ciertas horas había siempre una gran multitud, y donde encontró al padre Joaquín, su antiguo amigo. El venerable fraile quedóse profundamente sorprendido cuando el marqués le dijo que Martín Paz no había muerto, apresurándose a prometer que velaría por la vida del joven indio, y que le daría todas las noticias que le interesaran.

De improviso, las miradas del caballero se dirigieron a una joven arrebujada en un manto negro que iba sentada en una carretela.

- ¿Quién es esa hermosa muchacha? – preguntó al padre Joaquín.

- La hija del judío Samuel, prometida de Andrés Certa.

- ¡Ella! ¡La hija de un judío!

El marqués quedóse profundamente admirado y, estrechando la mano del padre Joaquín, volvió a tomar el camino de Chorrillos.

Su sorpresa era natural, porque había reconocido en la pretendida judía a la joven a quien había visto orar fervorosamente en la iglesia de santa Ana.

CAPÍTULO V

PREPARATIVOS DE INSURRECCIÓN

Cuando las tropas de Colombia, que Bolívar puso a las órdenes del general Santa Cruz, fueron arrojadas del Bajo Perú, cesaron las sediciones militares en este país, que empezó a disfrutar de calma y tranquilidad; las ambiciones particulares no volvieron a turbar el reposo público, y el presidente Gambarra habíase afianzado en su palacio de la plaza Mayor. Sin embargo, el peligro verdadero, inminente, no procedía de las sediciones, que se extinguían tan pronto como estallaban y que parecían complacer a los americanos por sus ostentaciones militares.

El peligro no lo veían los españoles, demasiado altos para poder verlo, ni tampoco los mestizos, que jamás descendían a mirar lo que se hallaba por debajo de ellos.

Esto no obstante, agitábanse de un modo extraordinario los indios de la ciudad, mezclándose con frecuencia con los habitantes de las montañas, como si hubieran sacudido su apatía natural. En vez de envolverse en su poncho con los pies hacia el sol, extendíanse por el campo, se detenían uno a otro, se entendían por señales particulares y frecuentaban las posadas más desiertas, en las que podían hablar sin peligro de ser escuchados.

Aquel movimiento era más visible en una de las plazas apartadas de la ciudad, en donde había una casa que sólo tenía una habitación baja, y cuya apariencia miserable llamaba la atención de las gentes.

Era una taberna de ínfima categoría, propiedad de una vieja india, que servía a sus parroquianos cerveza de maíz y una bebida hecha con caña de azúcar.

Los indios no se reunían en esta plaza sino cuando en el techo de la citada taberna se ponía un palo largo, que servía de señal. Entonces, los indígenas de todas profesiones, conductores de carros, arrieros y cocheros entraban uno a uno y desaparecían inmediatamente en la gran sala. La tabernera dejaba entonces a su criada el cuidado de la taberna, y corría a servir personalmente a sus parroquianos.

Pocos días después de la desaparición de Martín Paz, celebróse una asamblea numerosa en la sala de la taberna, donde apenas podían distinguirse los rostros de los concurrentes, a causa de la oscuridad que en ella reinaba y que el humo del tabaco hacía aumentar. En torno de una larga mesa, había unos cincuenta individuos, mascando los unos una especie de hoja de té mezclada con tierra odorífera, y bebiendo los otros en grandes jarros el licor de maíz fermentado; pero estas ocupaciones no les distraían de la principal, que era escuchar atentamente el discurso que les estaba pronunciando un indio.

El orador era el Zambo, cuyas miradas tenían una extraña fijeza.

Después de examinar uno por uno a todos sus oyentes, el Zambo tomó la palabra y dijo:

- Los hijos del Sol pueden hablar de sus asuntos, porque no hay aquí oídos pérfidos que puedan escucharnos. En la plaza, algunos de nuestros amigos, disfrazados de cantores, distraen a los transeúntes para que nos dejen disfrutar de entera libertad en esta casa.

Y así era, efectivamente, porque fuera de la taberna resonaban los acordes de una guitarra.

Los indios, satisfechos de encontrarse seguros, prestaron gran atención a las palabras del Zambo, en quien ponían toda su confianza.

- ¿Qué noticias puede darnos el Zambo, de Martín Paz? – preguntó uno.

- Ninguna. Únicamente el Gran Espíritu puede saber si ha muerto o no; pero estoy esperando a algunos hermanos que han bajado por el río hasta su embocadura, y quizás hayan encontrado el cuerpo de Martín Paz.

- Era un buen jefe – dijo Manangani, indio feroz y muy temido -. Pero ¿por qué no se encontraba en su puesto el día en que la goleta nos traía las armas?

El Zambo, sin responder, inclinó la cabeza.

- ¿No saben mis hermanos – continuó diciendo Manangani – que la Anunciación ha sido atacada por los guardacostas y que la captura de ese buque habría frustrado todos nuestros proyectos?

Un murmullo de asentimiento acogió las palabras del indio.

- Harán bien – dijo entonces el Zambo – los que esperan para juzgar. ¡Quién sabe si mi hijo Martín Paz se presentará entre nosotros dentro de pocos días…! Oíd ahora lo que tengo que deciros: las armas que nos han enviado de Sechura han llegado a nuestro poder, están escondidas en las montañas de la cordillera y dispuestas para desempeñar su oficio cuando vosotros estéis preparados para cumplir vuestro deber.

- ¿Acaso hay algo que nos detenga? – preguntó un joven indio -. Hemos afilado nuestros puñales y esperamos.

- Esperad, pues, que llegue la hora – respondió el Zambo -. ¿Saben mis hermanos cuál es el enemigo a quien primero deben herir?

- Los mestizos, que nos tratan como esclavos – repuso uno de los asistentes -. Esos insolentes que nos azotan con la mano y con el látigo, como a mulas falsas.

- De ningún modo – repuso otro -. Nuestros mayores enemigos son los que monopolizan todas las riquezas del suelo.

- Estáis equivocados. Nuestros primeros golpes deben herir a otros – dijo el Zambo, animándose -. Esos hombres no son los que se atrevieron, hace trescientos años, a poner el pie en la tierra de vuestros antepasados. Esos ricos no son los que han hecho sucumbir a los hijos de Manco Capac. Los orgullosos españoles son los verdaderos vencedores y los que os han reducido a la esclavitud. Si no tienen ya riquezas, tienen autoridad y, a pesar de la emancipación peruana, conculcan nuestros derechos naturales. Olvidemos, pues, lo que somos, para recordar lo que nuestros padres fueron.

- Sí, sí – prorrumpió la asamblea, con murmullo de aprobación.

Al asentimiento general de los concurrentes sucedieron algunos momentos de silencio que interrumpió el Zambo para preguntar a diversos conjurados si sus amigos de Cuzco y de toda Bolivia estaban dispuestos a levantarse, como un solo hombre.

Después, prosiguiendo su discurso, dijo:

- Valiente Manangani, si todos nuestros hermanos de la montaña tienen en el corazón el mismo odio y valor que tú, ¿no caerán sobre Lima como una tromba desde lo alto de las cordilleras?

- El Zambo no se quejará de su audacia el día señalado – respondió Manangani -. Si el Zambo sale de la ciudad no necesitará ir muy lejos para ver surgir en torno suyo indios que arden en deseos de venganza. En las gargantas de San Cristóbal y de los Amancaes, más de uno, envueltos en su poncho y con el puñal en la cintura, están esperando que se confíe a sus manos una carabina, porque tampoco han olvidado ellos que tienen que vengar en los españoles la derrota de Manco Capac.

- Perfectamente, Manangani – repuso el Zambo -. El dios de la venganza habla por tu boca. Mis hermanos no tardarán en saber quién es el elegido de sus jefes, y como el presidente Gambarra sólo trata de consolidarse en el poder, Bolívar está lejos y Santa Cruz ha sido derrotado, podemos obrar sobre seguro. Dentro de pocos días se entregarán nuestros opresores al placer, con motivo de la fiesta de los Amancaes, y, por consiguiente, deben disponerse todos nuestros hermanos a marchar, haciendo antes que la noticia llegue hasta las aldeas más remotas de nuestra raza.

En aquel momento entraron tres indios en el salón, e inmediatamente se acercó el Zambo a ellos.

- ¿Qué noticias traéis? – les preguntó.

- El cuerpo de Martín Paz no ha sido hallado – respondió uno de aquellos indios -. Hemos sondeado el río en todos los sentidos; nuestros más hábiles nadadores lo han explorado detenidamente y creemos que el hijo del Zambo no ha muerto en las aguas del Rimac.

- ¡Lo habrán asesinado! ¿Qué habrá sido de él? ¡Oh, desdichados los que hayan dado muerte a mi hijo…! Sepárense mis hermanos en silencio, y vuelva cada cual a su puesto, mire, vigile y espere.

Los indios salieron y se dispersaron. El Zambo quedóse con Manangani, que le preguntó:

- ¿Sabe el Zambo por qué había ido aquella noche su hijo al barrio de San Lázaro? ¿Está el Zambo seguro de su hijo?

Los ojos del indio despidieron tales relámpagos de cólera que Managani retrocedió asustado.

Pero el Zambo se contuvo, y dijo:

- Si Martín Paz traicionara a sus hermanos, yo mataría a todos aquellos a quienes ha dado su amistad y a todas aquellas a quienes hubiese dado su amor; después lo mataría a él y, por último, me mataría yo, para no dejar en este suelo un solo miembro de una raza deshonrada.

En aquel momento abrió la tabernera la puerta de la sala, se acercó al Zambo y le entregó un billete.

- ¿Quién te ha encargado esto? – preguntó.

- No lo sé – respondió la tabernera -. Este papel ha debido quedársele olvidado a algún bebedor, porque lo he encontrado sobre una mesa.

- ¿No han venido aquí más que indios?

- Nadie más que indios.

La tabernera salió, y el Zambo desdobló el billete, que leyó en alta voz:

"Una joven ha orado por Martín Paz, porque no olvida al indio que ha expuesto su vida por ella. Si el Zambo tiene noticias de su hijo o esperanza de encontrarlo, átese al brazo un pañuelo encarnado como señal. Hay ojos que lo ven pasar todos los días."

El Zambo estrujó el billete entre sus manos.

- El desgraciado se ha dejado seducir por una mujer.

- ¿Y quién es esa mujer? – preguntó Manangani.

- No es india – respondió el Zambo, mirando el billete -. Es, sin duda, una mujer elegante… ¡Ah, Martín Paz, estás desconocido!

- ¿Harás lo que esa mujer te pide?

- No – respondió rápidamente el indio -. Debe perder toda esperanza de volver a ver a mi hijo, para que muera de dolor.

Y, dicho esto, el Zambo rompió el billete con rabia.

- Sin duda alguna ha sido un indio quien ha traído este billete – observó Manangani.

- ¡Oh, no puede ser de los nuestros! Se habrá sabido que yo venía con frecuencia a esta taberna, pero no volveré a poner los pies en ella. Regrese mi hermano a las montañas, mientras yo vigilo en la ciudad. Veremos para quiénes resultará alegre la fiesta de los Amancaes, si para los opresores o para los oprimidos.

Los dos indios se separaron.

El plan no podía estar mejor combinado ni la hora de la ejecución mejor elegida. El Perú, casi despoblado entonces, sólo contaba con un reducido número de españoles y de mestizos. La invasión de los indios, que acudirían desde los bosques del Brasil y desde las montañas de Chile, como de las llanuras del Río de la Plata, debía cubrir con un ejército formidable el teatro de la rebelión. Después que quedaran destruidas las grandes ciudades, Lima, Cuzco y Puno, no era de temer que las tropas de Colombia, recientemente vencidas por el Gobierno peruano, acudieran en socorro de sus enemigos, por grave que fuese el peligro en que éstos se encontraran.

Aquel trastorno social debía, por consiguiente, efectuarse sin resistencia, si los indios guardaban fielmente el secreto, y así debía ocurrir, porque entre ellos no había traidores.

Sin embargo, ignoraban que un hombre había obtenido una audiencia particular del presidente Gambarra; ignoraban que aquel hombre le había notificado que la goleta Anunciación había desembarcado en la embocadura del Rimac armas de toda especie en piraguas indias, y que aquel hombre iba a reclamar una fuerte indemnización por el servicio que había prestado al Gobierno peruano, denunciando aquellos hechos.

Indudablemente, aquel hombre jugaba con cartas dobles, porque después de haber alquilado su buque a los agentes del Zambo a un precio muy elevado, había vendido al presidente el secreto de los conjurados.

El hombre que tal infamia había cometido no era otro que el judío Samuel, a quien suponemos que el lector habrá reconocido en este rasgo.

CAPÍTULO VI

EL JUEGO Y LAS CONFIDENCIAS

Andrés Certa, completamente restablecido y creyendo que Martín Paz había dejado de existir, apresuraba su matrimonio, deseando que llegara el día de pasear por las calles de Lima a la joven judía.

Sara no dejaba de tratarlo con altiva indiferencia, pero él no hacía caso, porque consideraba a la joven como un objeto de valor que había comprado por cien mil duros.

Sin embargo, Andrés Certa desconfiaba del judío, y no le faltaba motivo para ello, porque si el contrato era poco honrado, los contratantes lo eran menos.

El mestizo, pues, quiso tener con Samuel una entrevista secreta, a cuyo fin lo llevó un día a Chorrillos, deseando también probar su suerte en el juego antes de la boda.

Los juegos habían empezado pocos días después de la llegada del marqués de Vegal, y desde entonces se veía constantemente concurrido el camino de Lima. Algunos, que iban a Chorrillos a pie, volvían en carruaje, mientras otros dejaban allí los últimos restos de su fortuna.

El marqués y Martín Paz no tomaban parte en aquellos placeres; el joven indio estaba profundamente preocupado por causas más nobles.

Después de pasear con el marqués, volvía todas las noches a su aposento y se ponía de codos en la ventana, donde pasaba largas horas meditando.

El marqués no olvidaba a la hija de Samuel, a quien había visto orar en el templo católico; pero no se había atrevido a revelar aquel secreto a Martín Paz, aunque le iba instruyendo poco a poco en las verdades cristianas. Temía reanimar en su corazón sentimientos que deseaba extinguir, porque el indio proscrito debía renunciar a toda esperanza de contraer matrimonio con la hija del judío. Mientras tanto, la Policía había concluido por abandonar la persecución de Martín Paz, y, transcurrido algún tiempo, merced a la influencia de su protección, el indio quizá lograra ocupar un puesto en la sociedad peruana.

Pero sucedió que, Martín Paz, desesperado, resolvió averiguar qué había sido de la joven, y, con este propósito, se introdujo, vestido con un traje español, en una sala de juego para escuchar las conversaciones de los concurrentes. Andrés Certa, que era hombre muy conocido, y su matrimonio, que seguramente estaría ya próximo, debían ser objeto de alguna conversación.

Así, pues, una noche, en vez de encaminarse, como de ordinario, a la orilla del mar, se dirigió a las altas rocas donde están situadas las principales casas de Chorrillos, y entró en una de ellas, dotada de una ancha escalera de piedra.

Aquélla era una casa de juego, donde aquel día habían perdido grandes cantidades algunos limeños, y donde otros, fatigados de la tarea de la noche precedente, descansaban en el suelo, envueltos en sus ponchos.

A la sazón, no faltaban jugadores delante del tapete verde, dividido en cuatro cuadros por dos líneas, que se cortaban en el centro en ángulo recto. En cada uno de estos cuadros se hallaban las primeras letras de las palabras "azar" y "suerte": A. S. Los jugadores apuntaban a una u otra de aquellas letras, y el banquero tenía las puestas, mientras arrojaba sobre la mesa dos dados, cuyos puntos combinados hacían ganar a la A o a la S.

La partida estaba muy animada, y un mestizo apuntaba al azar con ardor febril.

- ¡Dos mil duros! – exclamó.

El banquero agitó los dados y el jugador estalló en imprecaciones.

- ¡Cuatro mil duros! – dijo de nuevo, y volvió a perder.

Martín Paz, protegido por la sombra del salón, pudo ver el rostro del jugador.

Era Andrés Certa.

Al lado de éste se encontraba el judío Samuel.

- Bastante ha jugado usted, señor – le dijo Samuel -, y ya ha podido convencerse de que hoy no tiene suerte.

- ¿A usted qué le importa? – respondió con acritud el mestizo.

Samuel se inclinó a su oído para decirle:

- Si a mí no me importa, a usted le interesa abandonar esas costumbres en los días que preceden a su matrimonio.

- ¡Ocho mil duros! – gritó Andrés Certa, apuntando a la S.

Salió la A y el mestizo lanzó una blasfemia.

- ¡Juego! – volvió a decir el banquero.

Andrés Certa sacó un puñado de billetes de su bolsillo para aventurar una suma considerable al juego, llegando a ponerla en uno de los cuadros. El banquero agitaba ya los dados, cuando una seña de Samuel lo detuvo. El judío volvió a inclinarse al oído del mestizo, y le dijo:

- Si no le queda a usted la cantidad necesaria para llevar a efecto nuestro contrato, esta noche quedará roto.

Andrés Certa se encogió de hombros, hizo un gesto de rabia y, recobrando su dinero, salió rápidamente de la estancia.

- Continúe usted ahora – dijo Samuel al banquero -; ya arruinará a este señor después de que se haya casado.

El banquero se inclinó con sumisión ante Samuel, que era fundador y propietario de los juegos de Chorrillos. Dondequiera que había algo que ganar, se encontraba aquel hombre.

Samuel siguió al mestizo, y cuando hubieron llegado a la escalinata, le dijo:

- Tengo cosas muy graves que decirle. ¿Dónde podemos hablar sin que nos oigan?

- Donde usted quiera – respondió bruscamente Andrés Certa.

- Tenga calma y no pierda el porvenir por un momento de mal humor. No me inspiran confianza los aposentos mejor cerrados, ni las llanuras más desiertas, porque lo que tengo que decir a usted es un secreto que vale la pena que se guarde.

Mientras hablaban, los dos hombres habían llegado a la playa, frente a las casetas destinadas a los bañistas; pero ignoraban que tras ellos iba Martín Paz, deslizándose en la oscuridad como una serpiente.

- Tomemos una canoa y salgamos al mar – dijo Andrés Certa.

Andrés Certa desató de la orilla una pequeña embarcación, después de dar algunas monedas al guarda; Samuel y el mestizo se embarcaron, y el último empujó la barca mar adentro.

Martín Paz, al verla alejarse, se ocultó en el hueco de unas peñas, se desnudó apresuradamente, se arrojó al agua y nadó hacia la canoa, llevando consigo su cinturón y su puñal.

El sol acababa de sepultar sus últimos rayos en las olas del Pacífico, y el cielo y el mar estaban envueltos en las tinieblas.

Martín Paz no había pensado siquiera en el peligro que corría, a causa de los tiburones que surcaban aquellos funestos parajes.

Se detuvo, no lejos de la embarcación en que iban el mestizo y el judío y al alcance de su voz.

- Pero ¿qué prueba de la identidad de la joven puedo yo dar a su padre? – preguntaba en aquel momento Andrés Certa al judío.

- Puede usted recordarle las circunstancias en que perdió a la niña.

- ¿Y cuáles son?

- Voy a decírselo.

Martín Paz, sosteniéndose sobre las olas, escuchaba, pero sin comprender por completo lo que hablaban.

- El padre de Sara, que es el gran señor que usted conoce – dijo el judío-, vivía en la Concepción, comarca de Chile; pero entonces su caudal corría parejas con su nobleza. Obligado a venir a Lima para asuntos de interés, salió solo de la Concepción, dejando allí a su mujer y a su hija; esta última de quince meses de edad. Como el clima del Perú le convino, envió a la marquesa orden de que viniera a reunirse con él. La marquesa se embarcó en el San José, de Valparaíso, con algunos criados de su confianza, y en el mismo buque venía yo al Perú. El San José debía hacer escala en Lima; pero a la altura de la isla de Juan Fernández, se desató un huracán terrible que lo desarboló y lo arrojó sobre la costa. Los hombres de la tripulación y los pasajeros se refugiaron en la chalupa; pero al ver el mar tan enfurecido, la marquesa se negó a embarcarse en ella; estrechó a su hija entre sus brazos y se quedó en el buque; yo me quedé con ella. La chalupa se alejó, y a cien brazas del San José se sepultó en el mar con toda la gente que llevaba y nos quedamos solos. La tempestad rugía cada vez con mayor violencia; pero como mi caudal no iba a bordo, no perdí la esperanza de salvarme. El San José, que tenía cinco pies de agua en la cala, fue arrastrado por la corriente y se estrelló contra las rocas de la costa. La marquesa fue arrojada al mar con la niña: pero, afortunadamente, pude apoderarme de ésta, y, mientras la madre perecía a mi vista, yo, sano y salvo, con la niña, pude ganar la orilla.

- Todos esos detalles ¿son exactos?

- Completamente exactos, y el padre no lo desmentirá. Yo realicé aquel día un buen negocio, porque me va a valer los cien mil duros que usted ha de entregarme.

"¿Qué quiere decir esto?", se preguntaba asombrado Martín Paz.

- Aquí tiene mi cartera con los cien mil duros – respondió Andrés Certa.

- Gracias, señor – dijo Samuel, apoderándose del tesoro -. Tome usted este recibo, en el que me comprometo a restituirle doble cantidad de la que me ha entregado si en virtud de su matrimonio no llega usted a formar parte de una de las primeras familias de España.

El indio, obligado a sumergirse para evitar el choque de la embarcación, no había oído esta última frase; pero al ocultarse bajo las aguas, sus ojos pudieron ver una masa informe, que se deslizaba rápidamente hacia donde él estaba.

Era una tintorera, tiburón de la especie más cruel.

Martín Paz vio que el animal se aproximaba y se sumergió profundamente, mas pronto se vio obligado a volver a la superficie del agua para respirar. El tiburón dio entonces un coletazo a Martín Paz, que sintió que las escamas viscosas del monstruo le rozaban el pecho. El tiburón se volvió sobre la espalda, entreabriendo su mandíbula, armada de una triple fila de dientes, para morder su presa; pero Martín Paz, al ver brillar el vientre blanco del animal, lo hirió con su puñal.

La sangre del monstruo marino tiñó de rojo las aguas, y Martín Paz, al advertirlo, volvió a sumergirse.

Cuando, algunos instantes después, salió de nuevo a la superficie, a diez brazas de allí, la embarcación del mestizo había desaparecido. El indio se dirigió entonces a la costa, a la que no tardó en llegar, pero después de haber olvidado que acababa de librarse de una muerte terrible.

Al amanecer del día siguiente abandonó Martín Paz la quinta de Chorrillos sin despedirse de su protector, y el marqués, lleno de inquietud, volvió a toda prisa a Lima para buscarlo.

CAPÍTULO VII
LA BODA INTERRUMPIDA

El matrimonio de Andrés Certa con la hija del judío Samuel era un verdadero acontecimiento, y las señoras no se daban punto de reposo, confeccionando los lujosos trajes que se proponían lucir en la fastuosa ceremonia.

En casa del judío Samuel, que deseaba celebrar con gran pompa el matrimonio de Sara, se hacían también grandes preparativos. Los frescos que adornaban su morada, según la costumbre española, habían sido restaurados suntuosamente; los tapices más ricos caían en anchos pliegues sobre los huecos de las ventanas y las paredes de la habitación; los muebles, esculpidos de maderas preciosas u odoríferas, se amontonaban en los grandes salones impregnados de deliciosa frescura; los arbustos exóticos, los productos de las tierras calientes se elevaban serpenteando a lo largo de las balaustradas y de las azoteas.

La joven había perdido la esperanza de volver a ver a Martín Paz, puesto que el Zambo no la tenía, como lo demostraba el hecho de no llevar en el brazo la señal de la esperanza. Liberto había espiado los pasos del viejo indio, pero no había logrado descubrir nada.

¡Ah! Si la pobre Sara hubiera podido realizar sus deseos, se habría refugiado en un convento para acabar en él su vida. Impulsada por atracción misteriosa e irresistible hacia los dogmas del catolicismo y convertida secretamente por el padre Joaquín a la única religión verdadera, había ingresado en el seno de nuestra santa madre la Iglesia, que tanto simpatizaba con las creencias de su alma.

El padre Joaquín, a fin de evitar todo escándalo, y sabiendo leer mejor en su breviario que en el corazón humano, había dejado a Sara en la creencia de que Martín Paz había muerto, porque lo más importante para él era la conversión de la joven, que creía asegurada con el matrimonio con Andrés Certa, ignorando, naturalmente, las condiciones en que se había concertado.

El día, pues, de la boda, tan alegre para unos y tan triste para otros, había llegado. Andrés Certa había invitado a la ceremonia a toda la ciudad; pero sus invitaciones no fueron atendidas por las familias nobles, que se excusaron, pretextando motivos más o menos plausibles.

Llegada la hora en que debía efectuarse el contrato, la joven no compareció.

El judío Samuel estaba profundamente disgustado, y Andrés Certa fruncía el ceño, mostrando su impaciencia. Una especie de confusión se reflejaba en los rostros de los invitados, mientras millares de bujías, cuya imagen multiplicaban los espejos, inundaban los salones de resplandeciente luz.

En la calle, un hombre se paseaba presa de una ansiedad mortal.

Era el marqués de Vegal.

CAPÍTULO VIII

LA FUGA

Mientras tanto, Sara, profundamente angustiada, permanecía sola en su habitación, de donde no se atrevía a salir. Sofocada por la emoción, se apoyó en el balcón que daba a los jardines interiores, y allí estaba abismada en sus pensamientos cuando vio, de pronto, a un hombre que procuraba ocultarse en las calles de magnolias. Aquel hombre era Liberto, su servidor, que parecía espiar a algún enemigo invisible, ya ocultándose detrás de una estatua, ya echándose a tierra.

De repente, Sara palideció. Liberto luchaba con un hombre de alta estatura, que lo había derribado a tierra, y algunos suspiros ahogados, que se escapaban de la boca del negro, revelaban que una mano robusta le apretaba el cuello.

La joven iba a gritar en demanda de socorro, cuando vio levantarse a los dos hombres: el negro miraba a su adversario y le decía:

- ¡Usted, usted! ¿Es usted?

Y siguió a aquel hombre que, antes que Sara pudiera lanzar un solo grito, se presentó ante ella como un fantasma del otro mundo. Así como el negro, derribado bajo las rodillas del indio, no había podido hablar sino lo que hemos anotado arriba, la joven, bajo la mirada de Martín Paz, no pudo a su vez decir sino las mismas palabras:

- ¡Usted, usted! ¿Es usted?

Martín Paz, con los ojos clavados en ella, dijo:

- ¿Oye la novia los ruidos de la fiesta? Los invitados se congregan en los salones para ver irradiar la felicidad en su rostro. ¿Es por ventura una víctima destinada al sacrificio la que va a presentarse a sus ojos? ¿Puede la novia mostrarse a su prometido con ese rostro pálido y fatigado por el dolor?

Sara apenas oía lo que Martín Paz estaba diciéndole.

El joven indio prosiguió:

- Puesto que la joven llora, mire más allá de la casa de su padre, más allá de la ciudad donde padece.

Sara levantó la cabeza, y Martín Paz, adoptando una actitud altiva, con el brazo extendido hacia las cordilleras, le mostraba el camino de la libertad.

Sara se sintió arrastrada por un poder irresistible; las voces de algunas personas que se acercaban a su habitación llegaron hasta ella; su padre iba a entrar sin duda, y tal vez su novio lo acompañaba. Martín Paz apagó de repente la lámpara suspendida sobre su cabeza, y se oyó un silbido, semejante al que se había oído ya en la Plaza Mayor.

De pronto, se abrió la puerta de la estancia y entraron en ésta Samuel y Andrés Certa. La oscuridad era profunda; acudieron algunos servidores con luces y encontraron el aposento vacío.

- ¡Maldición! – exclamó el mestizo.

- ¿Dónde está? – preguntó Samuel.

- Usted me responde de ella – dijo brutalmente Andrés Certa.

Al oír esto, el judío se sintió inundado de un sudor frío que le penetraba hasta los huesos.

- ¡Venid conmigo! – gritó.

Y seguido por sus criados se lanzó corriendo fuera de la casa.

Mientras tanto, Martín Paz huía por las calles de la ciudad con cuanta rapidez era posible. A doscientos pasos de la casa del judío encontró a varios indios, a quienes el silbido lanzado por él había reunido allí.

- ¡A nuestras montañas! – exclamó.

- ¡A casa del marqués de Vegal! – dijo una voz detrás de él.

Se volvió Martín Paz, al oír esto, y vio al español detrás de él.

- ¿No quieres confiarme esa joven? – preguntó el marqués.

El indio inclinó la cabeza y dijo sorprendido:

- ¡A casa del marqués de Vegal!

Martín Paz, cediendo al ascendiente del marqués, le había confiado la joven, seguro de que en casa del español no corría el menor riesgo; pero, comprendiendo lo que el honor exigía, no quiso pernoctar bajo el techo del marqués.

Salió, pues, presa de violenta excitación, que le hacía hervir la sangre en las venas.

Pero no había andado aún cien pasos, cuando cinco o seis hombres se arrojaron sobre él y, a pesar de su tenaz resistencia, lograron atarlo. Martín Paz lanzó un rugido de desesperación; creía haber caído en poder de sus enemigos.

Pocos instantes después, le quitaron la venda con que le habían cubierto los ojos, y se encontró en la sala baja de la taberna en que sus hermanos habían organizado la rebelión.

El Zambo, que había presenciado el rapto de la joven, se encontraba allí, rodeado por Manangani y los demás indios sediciosos. Los ojos de Martín Paz despidieron relámpagos de cólera.

- Mi hijo no se apiada de mis lágrimas – dijo el Zambo -, puesto que durante tanto tiempo me deja en la incertidumbre de si está vivo o muerto.

- ¿Es acaso la víspera de una insurrección cuando Martín Paz, nuestro jefe, debe encontrarse en el campo de nuestros enemigos? – preguntó Manangani.

Martín Paz no respondió a su padre ni al indio.

- Es decir, ¿qué nuestros más graves intereses han sido sacrificados en holocausto de una mujer?

Y, mientras decía esto, Managani se acercó a Martín Paz con el puñal en la mano; pero Martín Paz no lo miró siquiera.

- Hablemos primero – dijo el Zambo -; después de las palabras vendrán los hechos. Si mi hijo ha faltado a sus hermanos, sabré castigar su traición; pero que tenga cuidado, porque la hija del judío Samuel no está tan oculta que se nos pueda escapar. Mi hijo reflexionará: está condenado a muerte, y no hay en la ciudad una piedra donde pueda reclinar su cabeza. Si, por lo contrario, liberta a su país, para él serán el honor y la libertad.

Martín Paz guardó silencio, pero en su corazón se libraba un terrible combate, porque el Zambo había hecho vibrar las cuerdas de su altiva naturaleza.

Los insurgentes tenían necesidad de Martín Paz para llevar a la práctica sus proyectos de rebelión, porque él ejercía la autoridad suprema entre los indios de la ciudad, los manejaba a su capricho, y una sola señal suya podía llevarlos a la muerte.

Se le quitaron las ligaduras por orden del Zambo y Martín Paz se levantó.

- Hijo mío – le dijo el indio, que lo observaba con atención -, mañana, durante la fiesta de los Amancaes, nuestros hermanos caerán como una tromba sobre los limeños desarmados. Éste es el camino de las cordilleras, y este otro el de la ciudad; eres libre, y puedes ir adonde te plazca.

- ¡A las montañas…! – exclamó Martín Paz -. ¡A las montañas, y ay de nuestros enemigos!

Y cuando, aquel amanecer, apareció el sol por el Oriente, iluminó con sus primeros rayos el conciliábulo que los jefes indios celebraban en el seno de la cordillera.

CAPÍTULO IX

EL COMBATE

Y como todo llega al fin en la vida cuando debe llegar, también llegó el 24 de junio, día de la gran fiesta de los Amancaes, en el que todos los habitantes de Lima, a pie, a caballo o en carruaje, se dirigieron a la célebre meseta, situada a media legua de distancia de la ciudad. Mestizos e indios se mezclaban en la fiesta común y marchaban alegremente por grupos de parientes o de amigos. Cada uno de estos grupos llevaba sus provisiones e iba precedido por un tocador de guitarra que cantaba los aires más populares. Avanzaban a través de los campos de maíz, cruzando los bosques de bananeros o por entre las calles de sauces en busca de los bosques de limoneros y naranjos, cuyos perfumes se confundían con los aromas suaves de la montaña. A lo largo del camino, había puestos ambulantes que ofrecían a los paseantes aguardiente y cerveza, siendo tan numerosas las libaciones de estos líquidos, que indios y mestizos reían a carcajadas, medio ebrios. Los que iban a caballo hacían caracolear sus monturas en medio de la multitud, compitiendo unos con otros en celeridad, habilidad y destreza.

Reinaban en la fiesta, que toma el nombre de las florecillas de la montaña, un ardor y una libertad inconcebibles, a pesar de lo cual jamás se promovía una disputa que turbara la alegría pública. Algunos lanceros a caballo, con corazas resplandecientes, mantenían el orden.

Cuando la multitud llegó a la meseta de los Amancaes, se oyó un inmenso clamor de admiración, que fue repetido por los ecos de la montaña.

A los pies de los espectadores se extendía la antigua Ciudad de los Reyes, cuyas torres y campanarios llenos de sonoras campanas, se elevaban osadamente hacia el cielo. San Pedro, San Agustín y la catedral atraían las miradas hacia sus torres, que brillaban heridas por los rayos del sol. Santo Domingo, la rica iglesia cuya Virgen no lleva jamás dos días seguidos el mismo manto, levantaba más que sus vecinas la flecha elegante de su campanario. A la derecha, el océano Pacífico hacía ondular sus extensas llanuras azules al soplo de la brisa, y la vista, volviendo del Callao a Lima, se deleitaba en la contemplación de todos aquellos monumentos funerarios que contenían los restos de la gran dinastía de los Incas. En la lejanía, el cabo Morro-Solar encerraba como en un cuadro los esplendores de aquel espectáculo.

Pero mientras los limeños contemplaban admirados tan espléndidos panoramas, se preparaba un drama sangriento en las heladas cumbres de la cordillera.

Efectivamente, al paso que los habitantes de la ciudad la iban abandonando, penetraban gran número de indios, que vagaban por sus calles. Los hombres, que, por lo general, tomaban parte activa en la fiesta de los Amancaes, se paseaban entonces silenciosamente y con aire singularmente pensativo. De vez en cuando, algún jefe les daba apresuradamente una orden secreta y reanudaban su marcha; pero todos se iban reuniendo poco a poco en los barrios más ricos de la ciudad.

Cuando el sol comenzó a desaparecer en el horizonte, la aristocracia limeña emprendió el camino de los Amancaes, luciendo sus trajes más costosos y sus más valiosas alhajas. Una interminable fila de coches desfiló entre los árboles, confundida con las gentes que marchaban a caballo o a pie.

En el reloj de la catedral dieron las cinco.

Un griterío inmenso resonó en la ciudad. De todas las plazas, de todas las calles, de todas las casas, salieron indios con las armas en la mano. Los barrios más hermosos fueron inundados de insurrectos, algunos de los cuales agitaban por encima de sus cabezas teas encendidas.

- ¡Mueran los españoles! ¡Mueran nuestros opresores! – se oía gritar con voces estentóreas.

Casi al mismo tiempo, se cubrieron las cimas de los cerros también de indios, que se dispusieron a unirse a sus hermanos de la ciudad.

Lima ofrecía en aquel momento un aspecto extraño. Los insurrectos se habían esparcido por todos los barrios y a la cabeza de una de sus columnas iba Martín Paz, agitando la bandera negra, en dirección a la Plaza Mayor, mientras los demás indios atacaban las casas previamente designadas para ser demolidas. Cerca de él, Manangani lanzaba feroces aullidos.

En la plaza, los soldados del Gobierno, prevenidos contra la rebelión, se habían formado en orden de batalla delante del palacio del presidente, y los insurgentes, al entrar en la plaza, fueron recibidos por una nutrida granizada de balas.

Sorprendidos al principio por aquella descarga, que estaban muy lejos de esperar, y que arrebató a muchos la vida, se lanzaron contra la tropa con ímpetu insuperable, produciéndose una horrible confusión en que los contendientes llegaron a pelear cuerpo a cuerpo. Martín Paz y Manangani hicieron prodigios de valor; pero sólo por milagro se libraron de la muerte.

Necesitaban tomar el palacio y fortificarse en él a todo trance.

- ¡Adelante! – gritó Martín Paz.

Y a su voz se precipitaron los indios al asalto.

Aunque de todas partes eran rechazados, lograron los indios a su vez hacer retroceder a la tropa que rodeaba el palacio, y ya Manangani se lanzaba a los primeros escalones del pórtico, cuando se detuvo repentinamente.

Las filas de los soldados se habían abierto y por el espacio que habían dejado libre asomaban sus bocas dos piezas de artillería, colocadas allí para ametrallar a los sitiadores.

No había tiempo que perder. Era absolutamente preciso saltar sobre la batería y apoderarse de ella, antes que disparase.

- ¡Vamos los dos! – exclamó Manangani, dirigiéndose a Martín Paz.

Pero éste acababa de alejarse y no escuchaba ya nada, porque un negro le había dicho al oído estas palabras:

"Están saqueando la casa del marqués de Vegal, y quizás asesinándolo."

Al oír esto, Martín Paz retrocedió; y Manangani quiso arrastrarlo consigo hacia delante; pero, en aquel momento, los cañones dispararon y la metralla diezmó las filas de los indios.

- ¡Seguidme! – gritó Martín Paz.

Varios compañeros, que le eran muy adictos, se unieron a él, y con la ayuda de éstos consiguió el indio abrirse paso entre los soldados.

Aquella fuga tuvo todas las apariencias y resultado de una traición, porque, creyéndose los indios abandonados por su jefe, fue imposible reunirlos de nuevo, a pesar de los esfuerzos que realizó Manangani para llevarlos al combate. Envueltos en una nube espesa de tropas que los fusilaban sin piedad, se produjo una espantosa confusión y su derrota completa. Las llamas, que se elevaban al cielo en ciertos barrios, atrajeron a algunos fugitivos sedientos de pillaje; pero los soldados los persiguieron espada en mano, dando muerte a gran número de ellos.

Entretanto, Martín Paz llegó a casa del marqués, donde se sostenía una lucha encarnizada, dirigida por el mismo Zambo. El indio tenía sumo interés en entrar allí, porque, combatiendo al español, deseaba al mismo tiempo apoderarse de Sara, prenda de la fidelidad de su hijo.

Derribadas la puerta y las paredes del patio, se presentó el marqués con la espada en la mano, rodeado por sus servidores para rechazar a la turba que invadía su palacio. La altivez de aquel hombre y su valor tenían algo de sublimes. No sólo no trataba de evitar el peligro, sino que parecía buscarlo con tal de sembrar la muerte en su derredor.

Pero, ¿qué podía hacer contra aquella multitud de indios que, lejos de disminuir, aumentaba por momentos con la llegada de los vencidos de la Plaza Mayor?

Viendo el marqués disminuir sus fuerzas y sus defensores, estaba ya decidido a dejarse matar sin oponer resistencia, en vista de la inutilidad de sus esfuerzos, cuando Martín Paz, con la rapidez del rayo, acometió a los agresores, obligándolos a volverse contra él y, consiguiendo llegar hasta el marqués, en medio de las balas, para servirle de escudo con su cuerpo.

- ¡Bien, hijo mío, bien! – dijo el marqués a Martín Paz, estrechándole la mano.

Pero el joven indio estaba triste y no desarrugaba el ceño.

- ¡Bien, Martín Paz! – repitió otra voz que le llegó al alma.

Conoció a Sara, y su brazo trazó un ancho círculo de sangre en torno suyo. La tropa del Zambo empezaba a ceder. Aquel nuevo Bruto había dirigido por segunda vez los golpes contra su hijo sin poder alcanzarlo, en tanto que Martín Paz, cuando en el ardor de la lucha veía que el enemigo sobre quien iba a descargar el hacha era su padre, desviaba el arma para no herirlo.

De repente, Manangani, cubierto de sangre, se puso al lado del Zambo, diciéndole:

- Has jurado vengar la traición de un infame en sus parientes, en sus amigos y en él mismo, y ha llegado el momento de que cumplas tu palabra, porque los soldados se acercan y el mestizo Andrés Certa viene con ellos.

- Ven, pues, Manangani – dijo el Zambo, riéndose ferozmente -; ven.

Y saliendo ambos de la casa del marqués, corrieron hacia la tropa que llegaba al paso de carga. Las tropas les apuntaron; pero el Zambo, sin intimidarse, se fue derecho al mestizo.

- Si es usted Andrés Certa – le dijo -, sepa que su novia se encuentra en casa del marqués, y Martín Paz va a llevársela a las montañas.

Y, dicho esto, los indios desaparecieron.

El Zambo había puesto frente a frente a los dos enemigos mortales, y los soldados, engañados por la presencia de Martín Paz, se precipitaron contra la casa del marqués.

Andrés Certa, loco de furor y de celos, se arrojó contra Martín Paz, tan pronto como lo vio.

- Ahora nos las entenderemos nosotros dos – gritó el joven indio, y abandonando la escalera de piedra, que tan valientemente había defendido, corrió hacia donde se encontraba el mestizo.

Allí se encontraron pecho contra pecho, tocándose las caras y confundiéndose las miradas en un relámpago de odio. Ni amigos ni enemigos podían acercarse a ellos, que, estrechamente abrazados, ni respiraban siquiera.

Andrés Certa se irguió contra Martín Paz, a quien se le había caído el puñal; pero, al levantar el brazo el mestizo, logró el indio asirlo antes de que le hiriese. Andrés Certa intentó inútilmente desprenderse de su enemigo, quien, volviendo su puñal contra aquél, se lo clavó hasta el puño en el corazón.

Después, se arrojó en brazos del marqués de Vegal.

- ¡A las montañas, hijo mío! – exclamó el marqués -. Huye a las montañas, te lo ordeno.

En aquel momento, se presentó el judío Samuel y se precipitó sobre el cadáver de Andrés Certa, arrancándole la cartera que llevaba en el bolsillo; pero Martín Paz, que lo había visto, se apresuró a apoderarse de ella, la abrió, la hojeó, exhaló un grito de alegría y, avanzando hacia el marqués, le puso en la mano un papel que decía lo siguiente:

"He recibido del señor Andrés Certa cien mil duros, cantidad que me comprometo a devolverle si Sara, a quien salvé del naufragio del San José, no es hija y única heredera del marqués de Vegal."

"Samuel."

- ¡Mi hija! – exclamó el español, y se precipitó en el aposento de Sara; pero ésta no estaba allí. El padre Joaquín, que, bañado en su propia sangre, se encontraba en aquella estancia, no pudo articular más que estas palabras:

- El Zambo…, robada…, río de Madera.

CAPÍTULO X

EL RAPTO Y SUS CONSECUENCIAS

-¡En marcha! – dijo Martín Paz.

Y el marqués siguió en silencio al indio. Le habían robado a su hija y necesitaba encontrarla.

Se pusieron ambos calzones con correas en las rodillas, se cubrieron con grandes sombreros de paja, montó cada uno en una mula, después de haber puesto en las pistoleras buenas pistolas, y emprendieron la marcha, llevando, además, al costado una carabina. Martín Paz llevaba también un lazo, cuyo extremo iba sujeto al arzón de la silla.

Martín Paz conocía las llanuras y las montañas que iban a atravesar y sabía a qué país perdido llevaba el Zambo a su novia. ¡Su novia…! ¿Se atrevería a dar este nombre a la hija del marqués?

El español y el indio, sin más que una sola idea y con un solo propósito, penetraron en las gargantas de la cordillera, donde crecían los cocoteros y los pinos. Los cedros, los algodoneros, los áloes quedaban tras ellos en las llanuras cubiertas de maíz. Algunos cactos espinosos picaban a veces a sus cabalgaduras, haciéndolas vacilar sobre la pendiente de los precipicios.

A la sazón era empresa dificilísima atravesar las montañas, porque las nieves se derretían a los rayos del sol de junio. El agua formaba cataratas espumeantes y estruendosas que se desprendían de las cumbres de los montes y rodaban hasta insondables abismos.

Esto no obstante, el marqués y Martín Paz corrían día y noche sin descanso un solo instante, hasta que llegaron a la cumbre de los Andes, a catorce mil pies sobre el nivel del mar. Allí no había ya árboles ni vegetación, y con frecuencia se veían envueltos en las terribles tempestades de la cordillera que levantaban torbellinos de nieve sobre los picos más elevados. El marqués se detenía a veces a su pesar, pero Martín Paz lo sostenía y lo abrigaba contra las inmensas ventiscas de nieve.

En aquel punto, el más elevado de los Andes, sometidos a un estado enfermizo, que hace temblar al hombre más intrépido, necesitaron hacer grandísimos esfuerzos de voluntad para resistir a la fatiga.

En la vertiente oriental de la cordillera encontraron, al fin, las huellas de los indios, y bajaron de las montañas.

Al llegar a las inmensas selvas vírgenes que tanto abundan en las llanuras situadas entre el Perú y el Brasil, Martín Paz tuvo necesidad de hacer uso de su extraordinaria sagacidad india para caminar a través de aquellos bosques inextricables.

Un fuego medio apagado, señales de pasos, la rotura de algunas ramas, la naturaleza de los vestigios, todo era para él objeto de un detenido examen.

El marqués temía que a su desgraciada hija la hubieran obligado a caminar a pie por las piedras y las arenas; pero el indio le mostró algunos guijarros incrustados en tierra que revelaban la presión de la pata de un animal; por encima de sus cabezas vieron ramas que habían sido desviadas en la misma dirección, y que no podían ser alcanzadas sino por una persona a caballo. El marqués cobraba esperanzas, y Martín Paz iba tan confiado y era tan hábil, que no había para él ni obstáculos insuperables ni peligros invencibles.

Una noche, Martín Paz y el marqués se vieron obligados a detenerse a causa del cansancio.

Habían llegado a las orillas de un río: eran las primeras corrientes del Madera, que el indio reconoció al punto. Inmensos manglares se inclinaban por encima de las aguas, uniéndose a los árboles de la otra orilla por medio de bejucos entrelazados de modo caprichoso.

¿Habían subido los raptores por la orilla? ¿Habían bajado la corriente del río o la habían atravesado en línea recta? Éstas eran las preguntas que se hacía Martín Paz. Siguiendo con pena infinita algunas huellas que había encontrado, llegó, costeando la orilla, hasta una explanada, algo menos oscura que el resto del bosque, donde encontraron huellas que revelaban que una partida de hombres había atravesado el río en aquel paraje.

Cuando Martín Paz trataba de orientarse, vio que se movía detrás de un matorral una especie de masa negra; preparó su lazo y se dispuso al ataque; pero, adelantándose algunos pasos, encontró una mula tendida en tierra y presa de las convulsiones de la agonía. El pobre animal, expirante, debía haber sido herido lejos del sitio adonde había llegado, como lo revelaba el largo rastro de sangre que encontró Martín Paz. Este hallazgo le hizo suponer que los indios, no pudiendo obligarla a atravesar el río, habían tratado de matarla a puñaladas. Desde aquel momento, ya no vaciló acerca de la dirección de sus enemigos y volvió al lado del marqués, a quien dijo:

- Mañana llegaremos.

- Marchemos enseguida – respondió el español.

- Pero tenemos que atravesar ese río.

- Lo atravesaremos a nado.

Ambos se desnudaron; Martín Paz reunió en un lío los vestidos, se puso éste sobre su cabeza, y los dos entraron silenciosamente en el agua para no despertar la atención de los peligrosos caimanes, que en gran número frecuentan los río del Brasil y del Perú.

Al llegar a la otra orilla, se apresuró Martín Paz a buscar las huellas de los indios; pero, por más que examinó las hojas y las piedras, no descubrió nada. Como la rapidísima corriente del río los había llevado bastante abajo, subieron por la orilla, donde encontraron señales evidentes del paso de los indios.

El Zambo había atravesado por allí el Madera con su tropa, que se había acrecentado al paso. Efectivamente, los indios de las llanuras y de las montañas, que esperaban impacientemente el triunfo de la rebelión, al conocer la traición de que habían sido objeto, lanzaron rugidos de cólera y siguieron a la tropa del viejo indio para sacrificar la víctima de que se habían apoderado.

La joven, casi sin conciencia de lo que pasaba en torno suyo, andaba porque las manos de los indios la empujaban hacia delante; pero, si la hubieran abandonado en aquellas soledades, no habría avanzado un paso para librarse de la muerte. A veces recordaba al joven indio, y entonces caía como una masa inerte sobre el cuello de su mula. Cuando al otro lado del río se vio precisada a seguir a pie a sus raptores, dos indios la obligaron a andar rápidamente dejando tras de sí una huella de sangre.

Al Zambo le importaba poco que aquella sangre revelase la dirección que había tomado, porque estaba ya cerca del objeto de su excursión y pronto las cataratas del río resonaron con fuerza cerca de ellos.

Los indios llegaron a una especie de pueblecillo, compuesto de un centenar de cabañas de pinos entrelazados y de tierra.

Al verlos acercarse, salió del pueblo una multitud de mujeres y de niños, dando grandes gritos de alegría; pero la alegría se trocó en cólera cuando se enteraron de la defección de Martín Paz.

Sara, inmóvil ante sus enemigos, miraba, casi sin verlos, todos aquellos rostros horribles que gesticulaban en torno suyo, profiriendo en sus oídos las más terribles amenazas.

- ¿Dónde está mi esposo? – decía una -. Tú eres quien lo ha matado.

- ¿Qué has hecho de mi hermano, que no volverá ya a su cabaña?

- ¡Qué muera! ¡Cada uno de nosotros debe tener un pedazo de su carne! ¡Que muera!

Y aquellas mujeres, blandiendo puñales, agitando teas encendidas y levantando piedras enormes, acercábanse terriblemente amenazadoras a la joven.

- ¡Atrás! – gritó el Zambo -. Que esperen todos la decisión de los jefes.

Las mujeres retrocedieron al oír las palabras del viejo indio, lanzando terribles miradas a la joven.

Sara, cubierta de sangre, se encontraba tendida sobre los guijarros de la orilla.

Más abajo de la aldea, se estrechaba el Madera, en un lecho profundo, precipitando sus masas de agua con rapidez fulminante desde una altura de más de cien pies. Los jefes condenaron a Sara a ser arrojada a aquellas cataratas, sentencia que debía ejecutarse al salir el sol, a cuya hora la víctima sería atada a una canoa de corteza y abandonada a la corriente del Madera.

Así lo decidió el consejo, y si retardó hasta la mañana siguiente el suplicio de la víctima, fue con el propósito de ocasionarle mayor sufrimiento, haciéndole pasar una noche de angustias y terrores.

Cuando se conoció la sentencia, fue acogida con aullidos de júbilo por todos los indios, de quienes se apoderó un delirante regocijo.

Fue una noche de orgía. El aguardiente fermentó en aquellas cabezas exaltadas, y una multitud de indios danzando y gritando rodearon a la joven, mientras otros corrían al través de los campos incultos, blandiendo teas de pino inflamadas.

Cuando el sol, disipando las sombras de la noche, mostró su disco de oro por Oriente, la mayoría de los indios se encontraban completamente borrachos.

La joven fue desatada del poste en que había pasado la noche y cien brazos quisieron a la vez arrastrarla al suplicio.

Cuando el nombre de Martín Paz se escapaba de sus labios, le respondían inmediatamente gritos de odio y de venganza. Fue preciso subir por entre una inmensa aglomeración de rocas, los senderos abruptos que conducían al nivel superior del río, adonde llegó la víctima toda ensangrentada. Una canoa de corteza de árbol la esperaba a cien pasos de la catarata, y en ella fue puesta y atada con ligaduras que le penetraban en las carnes.

- ¡Venganza! – exclamó la tribu entera a una voz.

La canoa fue arrojada a las aguas, y arrastrada rápidamente por la corriente, giró sobre sí misma…

Dos hombres aparecieron en aquel momento en la orilla opuesta. Eran Martín Paz y el marqués.

- ¡Mi hija, mi hija! – exclamó el marqués, cayendo de rodillas sobre la playa.

La canoa estaba ya a punto de precipitarse en la catarata, hacia donde corría con extraordinaria rapidez.

Martín Paz, de pie sobre una roca, lanzó su lazo, que giró en torno de su cabeza en el instante preciso en que la embarcación iba a ser precipitada; se desenrrolló la larga correa de cuero y su nudo corredizo apresó la canoa.

- ¡Muera! – rugió la horda salvaje de los indios.

Martín Paz se levantó, y la canoa, suspendida sobre el abismo, no tardó en llegar hasta él.

Silbó una flecha en los aires y Martín Paz cayó sobre la barca de la víctima, yendo a sumergirse con Sara en el torbellino de la catarata.

Casi en el mismo instante cayó el marqués con el corazón atravesado por otra flecha.

El indio Martín Paz, y Sara, hija del marqués de Vegal, se habían desposado en el seno de las espumosas aguas de la catarata, para entrar en la vida eterna.

En su suprema reunión, la joven cristiana había impreso, con un ademán, en la frente del indio regenerado, el sello del bautismo, y ambos debieron hallar gracia ante el Altísimo, a cuya infinita misericordia confiaron sus almas momentos antes de abandonar la vida.